ANAYA

El pequeño davirón

Texto:
Pilar Mateos
Premio Lazarillo, 1982

Ilustraciones:
Javier Serrano
Premio Nacional de
Ilustración, 1990

Diseño:
Narcís Fernández

Dirección de la colección:
Antonio Basanta
Luis Vázquez

ÍNDICE

Querido lector:

Es verdad que tú y yo nunca hemos ido juntos a montar en bicicleta, ni a ver una película de risa ni a pasear en burro por el monte. Y nunca me has invitado a tu fiesta de cumpleaños. Pero eso no quiere decir que seamos dos desconocidos. Me da la sensación de que sé bastantes cosas de ti. Sé que eres inteligente y tienes sentido del humor; que te encanta que, de vez en cuando, pase algo nuevo, distinto a lo de todos los días. Seguro que este año has aprendido el doble que el año pasado y has crecido una barbaridad. Y me apuesto lo que quieras a que ya has descubierto que las palabras son mágicas y están dotadas de poderes sorprendentes. El poder de reproducirse, por ejemplo, de tener hijos y formar familias, de crear pueblos, historias, mundos, sentimientos.

Incluso una palabra insignificante, la de aspecto más tímido, es capaz de organizarte un barullo a poco que te descuides.

Eso fue lo que ocurrió con esta historia.

Al principio el davirón era sólo un nombre, un sonido más o menos simpático, pero yo no sabía lo que había dentro hasta que asomé la cabeza, me incliné un poco para no chocar con el palo de la *de* y empecé a caminar por el interior.

Allí estaban todos. La abuela davirona, el elefante, la niña hospitalaria y esa personita emprendedora, algo aturdida, que recorre, hecha un lío las calles de la ciudad, confundiendo los semáforos con los campanarios, esquivando, recelosa, los buzones de correos, no vaya a ser que muerdan, y tratando de averiguar si las farolas son comestibles o no.

Fue divertido encontrarlos allí; una especie de juego que funciona sin pilas y en cualquier parte. Tú también puedes intentarlo, si te parece.

Invéntate una palabra que te guste y asómate sin miedo al interior, empuja la puerta, baja las escaleras y...

¿No?

¿Tu palabra no tiene escaleras? ¿Da directamente a una playa salvaje, a un campo de fútbol, a un bosque escondido donde se oyen risas misteriosas en lo alto de los árboles?

Pues ¡adelante! Atrévete a meterte dentro. ¡A ver lo que encuentras!

Pilar

El pequeño Davirón

1
¿EXISTEN LOS NIÑOS?

MUY lejos de tu casa, mucho más allá de la estación del tren y de la fábrica de figuritas azucaradas; pasando los siete puentes sobre las autopistas y atravesando la inmensa mancha de los bosques de castaños, hay un lugar secreto donde no llegan los autobuses y nunca se ha difundido un solo anuncio de televisión.

A primera vista parece un lugar como otro cualquiera. Un prado extenso,

a la orilla del río, donde crecen esas flores amarillas que se llaman dientes de león y numerosos árboles de buen tamaño. Algunas cabras salvajes suelen pastar entre la maleza. Eso es todo. Se diría que el territorio no ofrece nada de particular. Pero no hay que fiarse de las apariencias, porque allí habita la única familia de davirones que existe en el mundo.

Los davirones, ¿lo creeréis?, no han visto un niño en toda su vida. Incluso hay davirones, los más desconfiados, que están convencidos de que los niños no existen.

—No existen, no señor. Ha dicho mi papá que eso son cuentos de dragones.

—Será de niños.

—Eso; de niños.

—Pues a mí me han contado que una vez un davirón se quedó dormido entre las matas de helechos. Y vio pasar a un niño que iba dando saltos como una urraca.

—Yo no me lo creo.

—Pues lo vio. Y por lo menos dio cuatro saltos. Se comió un helecho y luego se fue por la orilla del río.

—¿Y cómo era?

—Tenía una nariz.

—¿Una nariz?

Los davirones no cierran los ojos como nosotros, de arriba a abajo, sino que los abren y los cierran como una ventana, y cada vez que parpadean forman corrientes de aire que atontolinan a las mariposas.

—¿Dónde?

—Entre los helechos. Acabo de decirlo.

—Que dónde tenía la nariz.

—Ah, no sé. Eso no me lo han contado.

—Yo sé otra cosa —dijo con aire confidencial un davirón bajito. Y todas las cabezas se volvieron en la misma dirección, llenas de curiosidad.

Los davirones no llegan a crecer mucho; los más altos vienen a ser como un fox-terrier levantado de manos. No se sabe por qué, hay muchos davirones bajitos. Éste que hablaba era uno de ellos y, sin embargo, tenía el récord de infantiles en los cien metros lisos, lo que tratándose de davirones supone una buena marca, porque son excelentes corredores.

—Pero tenéis que prometerme que no vais a decírselo a nadie —exigió.

Todos sus compañeros, sin

excepción, se mostraron dispuestos a prometer lo que fuera, con tal de enterarse de aquel asunto misterioso.

El davirón bajito se adelantó un poco hacia el grupo y suavizó la voz.

—Fue el día que me tocó recoger la ración de nueces —empezó—. Ya había llenado el cesto y, como tenía hambre, me comí unas cuantas. No muchas. Sólo tres. Luego hice un barquito con las cáscaras y las eché al río. Y la corriente se las llevó. Entonces volví a por otras. Y cuando estaba más descuidado oí una voz que venía del camino, y que no era de pato, ni de cabra, ni de vencejo.

—¿Una voz de extraterrestre?

—Sí —asintió el davirón—. Una voz de extraterrestre.

Una nube espesa oscureció en ese momento la luz de sol. Sin

darse cuenta, sus compañeros iban apiñándose unos junto a otros.

—¿Y qué pasó?

—Miré al camino, y allí mismo, cerca de la piedra del ratón, había un ser muy raro con dos ruedas, una delante y otra detrás.

El aire estaba inmóvil y todas las mariposas blancas en reposo. Ni un solo davirón parpadeaba.

—Estoy seguro de que era un niño —dijo el bajito.

—¿Tenía nariz?

—Me parece que sí.

—Entonces era un niño.

—Pero yo nunca he oído que los niños tuvieran ruedas —protestó una voz.

—¿Que no? —replicó otra al instante—. Son las niñas las que no tienen ruedas.

—¿Y las niñas qué tienen?

—Ojos. Varios pares de ojos repartidos por la cara. Unos

verdes, otros azules, otros marrones.

—O sea, que los niños y las niñas ¿no son iguales?

Los davirones y las davironas son aparentemente iguales. Por fuera no se distinguen en nada. Y, mientras son pequeños, el tema no les preocupa gran cosa. Cuando llegan a la edad de formar familia cada uno elige lo que quiere ser.

—Yo, chico —dicen unos.

—Yo, chica —dicen otras.

Bueno, ellos dicen macho y hembra. Lo digo así para que me entendáis. Entonces a los chicos les salen los bigotes, largos y finos, parecidos a los de un gato, y las chicas tienen las crías. De todas formas, allí nadie hace la mili y ninguno manda más que el otro. Y se da el caso de que siempre hay el mismo número de hombres que de mujeres.

¿Cómo podía ser eso de que los niños y las niñas fueran distintos?

—Son distintos. Las niñas tienen los pies más blandos y se derriten con el calor.

—Y si se meten en el agua, encogen.

—¿Y los niños no?

—Los niños no. A los niños lo que les pasa es que destiñen. Cuando tocas a un niño te manchas de tinta.

—Y también dan calambre.

—Me gustaría verlo —dijo el davirón más alto, el que había asegurado que todo eso eran cuentos de dragones.

—A mí no —dijo el más miedoso—. Yo me encuentro un niño y me vuelvo amarillo del susto.

Los davirones cuando se asustan se vuelven amarillos por completo, desde el pelo hasta la cola. Tienen una pequeña colita, los davirones. Cuando están contentos se vuelven rojos, y si les da por pensar mucho

se ponen azules, azul cielo. Es difícil precisar cuál es su color natural porque siempre están cambiando. En general se puede decir que son de color canela; algunos tienen las manos blancas, y manchas del mismo tono en la barriga. De vez en cuando, sale un davirón de pelo negro, como en todas partes. Y es muy bien recibido, porque a ellos les gusta que haya gente diferente. Los que peor lo pasan son los vergonzosos, que se ponen de un color naranja muy subido, y eso

hace que se les vea el doble. Los pobres no saben dónde meterse.

—Y los niños, ¿de qué color serán?

—Los niños son muy raros. Son a rayas.

—No señor. Son de cuadros.

—El que yo vi era reluciente. Y las ruedas las tenía azules.

—Los niños no tienen ruedas. Nunca he oído que los niños tuvieran ruedas.

—Pues comen helechos, porque yo lo he visto.

—Eso sí. Y hacen carreras de obstáculos. Y relinchan.

—¿Qué dices? Esos son los caballos.

En Davirondalia tampoco se veían caballos. Había diversas clases de peces en el río y gran cantidad de ardillas rojas por los contornos; por eso era tan importante hacerse con la cosecha de nueces antes de que las ardillas terminaran con ella. Algunas cabras, de piel satinada, triscaban en la hierba. Los davironlenses las habían domesticado. Y gracias a la leche que obtenían de ellas y a las copiosas nevadas del invierno, eran maestros en el arte de hacer helados. Los davironlenses tomaban helados en invierno y sopitas calientes en verano. Les encantaban los huevos de perdiz, escalfados sobre una roca, al calor del sol.

—Los niños se comen a las cabras —dijo un davirón.

—Hala, qué brutos. Se atragantarán con los cuernos.

—De todas formas —opinó el davirón miedoso—, a mí no me gusta hablar de estas cosas a la hora de dormir.

Y ya estaba oscureciendo. Muy despacio, mirando a hurtadillas hacia el camino y vigilando entre las matas de helechos, no fuera a aparecerse un niño de repente y les diera un susto, los pequeños davirones se fueron a dormir, y el prado quedó en silencio.

2

EL MISTERIO DE LA RISA

LOS davironlenses duermen en el interior de los troncos de los árboles. Los escogen de buen tamaño y los tienen muy bien acondicionados, con dos o tres pisos, para que los benjamines no entorpezcan el sueño ligero de los más viejos. Los benjamines suelen dormir en la buhardilla, que es su sitio preferido. Allí pueden organizar guerras de almohadas y jugar al escondite sin que nadie los moleste, y asomarse por arriba, a ver lo que están haciendo los pájaros, si comen o no, y si ya ha nacido la cría rezagada del último huevo.

Esa noche, sin embargo, Davi-davirón no quiso subir a la buhardilla. Dijo que tenía miedo y que quería dormir con la abuela. Y su hermano mayor, que le llevaba un año, puso la misma disculpa.

—Yo tengo miedo —dijo—. Quiero dormir con la abuela.

Y la abuela se apresuró a hacerles un sitio en su cama, porque los tenía muy consentidos y siempre los estaba malcriando. Por si fuera poco, les llevó, a

escondidas una buena ración de helado de menta que había guardado para el domingo, con lo que se pusieron los dos perdidos de churretes y dejaron las sábanas pringosas. Pero eso no les importó. Los davirones, todo hay que decirlo, son un poco cochinos y no les molesta nada mancharse de barro o de tinta de bolígrafo; mucho menos de helado de menta.

Lo de que tuvieran miedo esa noche era una simple disculpa. Más cierto era que estaban muriéndose de curiosidad y querían preguntarle una cosa a la abuela; a sus padres, no, porque sus padres enseguida les mandaban a buscar la respuesta en el diccionario. Por eso se lo preguntaron a ella.

—¿Es verdad que existen los niños?

Esta abuela davirona era de las más listas del territorio y nunca en su vida había dicho una mentira. Eso que había cumplido ciento setenta años y no le habían faltado oportunidades.

—Es verdad —afirmó—. Los niños existen.

Los dos hermanos se sentaron en la cama, completamente verdes, desde el pelo hasta la cola; porque el color de la curiosidad es el verde. Gracias a esa feliz coincidencia no se les notaban los churretes de helado de menta.

—¿Y cómo son?

Las abuelas casi siempre conservan el color original de los davirones, que es canela claro, como ya he dicho, debido a que todo se lo toman con mucha calma, y sólo se alteran cuando alguien les pierde las tijeras de las uñas. Entonces se ponen moradas furiosas.

—Yo los vi un día —dijo tranquilamente— cuando era así, poco mayor que vosotros. Vi tres niños bajando por el río, metidos en una barca.

—¿Tenían ruedas?

—Los que yo vi, no —dijo la abuela.

Se quedó callada un momento y añadió en un susurro.

—Se reían.

—¿Se reían?

Se hizo un silencio tan grande que se oyó rebullir a los pájaros en sus nidos, y el rumor de las hojas creció como una tormenta.

—¿Y eso qué es?

—Eso es cuando les da la risa —dijo la abuela.

¡La risa! Los dos hermanos se miraron con asombro. Jamás habían oído esa palabra. Los davirones no se ríen nunca, y eso es lo único que les falta para ser

enteramente felices. Por lo demás, reúnen todas las condiciones de la gente feliz. Son muy generosos y no dejan de jugar aunque se hagan viejos. Son emprendedores y activos a ratos, y muy perezosones en otros momentos. Están convencidos de que todo el mundo dice la verdad y tiene buenas intenciones.

—¿Y qué es la risa?

La pobre abuela no sabía explicárselo.

—No sé cómo deciros.

—¿Es como el sonido de una campana?

—Casi, pero no.

—¿Es como el sol cuando hace culebrillas en el agua?

—Casi, pero no.

—¿Como la rosaleda en verano?

—Casi, pero no.

Los pequeños davirones se quedaron pensando un buen rato.

—¿Como si tuvieras una caja de música en el corazón?

—Casi, casi —dijo la abuela—, pero no.

Debía ser algo tan fantástico que no había manera de expresarlo con palabras; algo mucho más difícil de decir que zangandungo o que prestidigitador. ¿De qué podrían reírse los niños si era tan complicado?

—Los más simples se ríen de los demás. Los que están alegres se ríen con los demás. Los que son inteligentes se ríen de ellos mismos.

—¿Y nosotros por qué no nos reímos?

—Porque no sabemos —dijo la abuela—. Siempre ha sido así.

De pronto los pequeños davirones se volvieron transparentes, de una transparencia absoluta, que es el no color de la tristeza. Era porque acababan de darse cuenta de que les faltaba algo fundamental en la vida y que sin ello no valía la pena deslizarse por un tobogán, ni contar chistes, ni pegarle a un compañero un monigote en la cola. Por eso los chistes que contaban los davirones resultaban tan sosos y nadie les encontraba la gracia.

—¿Nunca podremos reírnos?

—Siempre ha sido así —insistió la abuela—, y ningún davirón se ha quejado por eso. Después de todo, somos bastante felices.

—Pero yo quiero reírme —dijo Davi-davirón.

—¿Y cómo? —replicó su hermano—. Para eso hay que saber.

—Pues que me enseñen.

—¿Quién va a enseñarte? —intervino la abuela—. En

Davirondalia no hay nadie que sepa reírse. Ni siquiera Davironorio, el sabio, ha conseguido aprender a sonreír. Y eso que conoce cincuenta y dos manera distintas de tropezar con una piedra.

—Entonces no será tan sabio —refunfuñó Davi-davirón.

Estaba tan transparente, de pura pena, que a través de él se veían las florecitas de las sábanas, y las puntillas blancas de los almohadones manchadas de helado de menta. Pero enseguida empezó a teñirse de azul cielo, cada vez más intenso. Y era que estaba pensando.

—Iré a la ciudad —dijo en voz alta—. Y buscaré un niño para que me enseñe.

—¡Buena idea! —exclamó su hermano.

Y se había puesto rojo de

contento. La abuela, en cambio, iba cobrando, poco a poco, un ligero matiz amarillo, porque estaba un tanto asustada.

—No sé, no sé —musitaba—. A ver si te va a pasar algo.

—Pero no dijo:

—De ninguna manera.

Que es lo que hubieran dicho los padres.

—¿Qué me va a pasar?

—Qué sé yo. Que te atropelle un semáforo, o que te pierdas dentro de un buzón de correos. Hay muchas cartas que se pierden.

La abuela davirona jamás había estado en la ciudad, por eso tenía las ideas algo confusas. Pero sabía dónde estaba situada porque había estudiado geografía. Y era capaz de señalar en el mapa todos los pueblos de los alrededores, y el lugar exacto donde se fabricaban las figuras de azúcar.

—¿Está muy lejos la ciudad?

—Muy lejos. Atravesando los bosques de castaños y los siete puentes sobre las autopistas. Dejando atrás la fábrica de figuritas de azúcar. Más allá todavía de la estación del tren.

—¿Cuánto se tarda en llegar?

—Bastante. No llegarías antes de la primavera.

Eso que los davirones, ya sabéis, son muy veloces corriendo; más veloces que las ardillas. Gracias a esa cualidad son los primeros en alcanzar el nogueral, sacándoles bastante ventaja, tan pronto como maduran las nueces.

—Mañana, nada mas levantarme, me pondré en camino —dijo Davi-davirón—. Conseguiré llegar antes que la primavera.

Su hermano abrió de golpe las contraventanas de los ojos.

—¡No puedes irte!

—¿Por qué no? Ya es hora de que aprendamos a reírnos.

—¿Sin permiso?

Los davirones pequeños deben perdir permiso a sus padres para hacer cosas extraordinarias, como todo hijo de vecino, hasta que cumplen la edad del no permiso. Entonces es igual, porque deben pedírselo al sabio Davironorio y al resto de las autoridades. Pero eso, no se sabe por qué, les resulta menos fastidioso.

3
LAS FAROLAS NO SE COMEN

LOS padres, como era de esperar, consideraron que el proyecto del pequeño davirón era un disparate, y enseguida dijeron que no; que de ninguna manera. Ni pensarlo.

Las ciudades encierran muchos peligros y Davi-davirón era demasiado pequeño para afrontarlos por sí solo.

—Te expones a sufrir cualquier percance —le explicó la madre— Puedes caerte en un escaparate lleno de precios. Y los precios son horribles. A la gente se le ponen los pelos de punta sólo con verlos.

—A lo mejor estás distraído y te pinchas en un bar —añadió el padre—. En los bares hay muchos pinchos.

—Y los panaderos tienen barras para golpear a las personas que entran en sus establecimientos.

Qué atrocidad. Al oírles hablar, daban ganas de salir huyendo y quedarse escondido, muy quietecito en lo más profundo de la buhardilla. Pero Davi-davirón no se acobardó. En sus correrías por las orillas del río había aprendido que los mayores ven dificultades donde los pequeños no las ven. Y lo único que hay que hacer es permanecer muy atento para no meterse en una poza repleta de pirañas y no caerse tontamente en un escaparate.

—Tendré cuidado —insistió—. Tendré mucho cuidado.

Protestó tanto, suplicó tanto, prometió tanto que su voz se oyó en toda Davirondalia, y los davirones pequeños, medio dormidos, se asomaron por los tragaluces, a ver lo que ocurría.

—¿Qué pasa?

—Davi-davirón, que quiere ir a la ciudad para aprender a reírse.

—¡Qué buena idea! Y que nos enseñe a nosotros. Nos lo pasaríamos en grande.

—Y yo podría reírme un rato a la hora de la siesta, que nunca sé qué hacer.

—Y los sábados, cuando contamos chistes, porque así resulta muy soso.

—Yo me reiré con la boca cerrada —dijo un davirón muy previsor—, no vaya a ser que me trague una mosca.

—Pero no le dejan. Sus padres no le han dado permiso.

Los pequeños davirones no se conformaron.

—Tiene que ir —exigieron—. Queremos aprender a reírnos.

—Es necesario. Si no, nunca veremos reírse a nuestros hijos.

Esto lo dijo el davirón bajito. El que había visto un niño con dos ruedas y era campeón de infantiles en los cien metros lisos. Los davirones bajitos, de vez en cuando, hacen observaciones como ésta, y los mayores se quedan muy asombrados.

—Parece mentira —comentan—. Qué ocurrencias tiene este chico.

Pero ese día sucedió algo inesperado en Davirondalia. El pueblo entero dio la razón a los benjamines. De repente, todo el mundo tenía unas ganas locas de reírse y nadie sabía cómo hacerlo. Incluso las personas más serias, las más solemnes, se descubrieron un hueco por dentro, como si tuvieran un roto en algún bolsillo del corazón y hasta ese momento no se hubieran dado cuenta. Y era que les faltaba la risa, y que nunca,

nunca, habían oído reírse a sus hijos.

—Es un proyecto magnífico —opinaron—. Que Davi-davirón aprenda a reírse y nos enseñe a los demás. Entonces podremos reírnos de nuestras penas y de los peces de colores.

—Yo lo que quiero es reírme de mi sombra —dijo un davirón barrigudo, de largos bigotes.

—Y yo, de lo patoso que soy —dijo otro que tenía una pata en cabestrillo—. Pero no puedo, porque me siento ridículo.

—Eso es porque no sabes reírte. A mí me pasa lo mismo cuando me quemo con la sopa. Que no le veo la gracia.

Y todos estuvieron de acuerdo en lo necesario que era aprender a reírse cuanto antes.

—En ese caso —intervinieron los padres—, sería mejor enviar a la

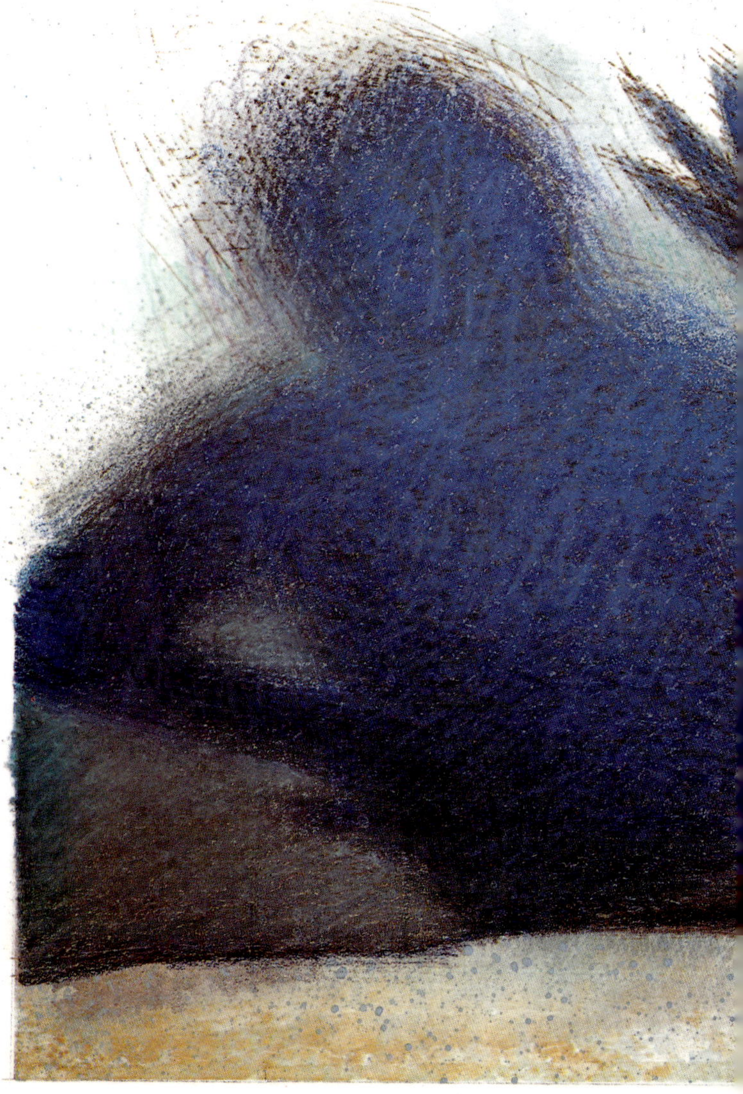

ciudad a un adulto; una persona responsable que aprenda a reírse como es debido. Davi-davirón es muy distraído. Sería capaz de reírse con faltas de ortografía.

Pero el sabio Davironorio tenía las ideas muy claras sobre el asunto. Afirmó que los pequeños aprenden las cosas mucho antes que los mayores y con menor esfuerzo, y que se relacionan más fácilmente con los de su misma edad. Convenía que fuera un niño quien enseñara a reírse a Davi-davirón, porque las risas de los adultos en ocasiones son falsas o maliciosas, y no es seguro que den buen resultado.

—Pero correrá muchos riesgos en la ciudad —se lamentaron los padres.

Oh, vamos; no era para tanto. Todo lo que debía hacer el pequeño davirón era seguir ciertas indicaciones. Cruzar siempre las calles metido en un papelera y tirar los desperdicios en los pasos de peatones, que para eso están.

—¿Entiendes lo que te digo?

—Sí señor.

—Muy bien.

Si se perdía o dudaba qué camino tomar, que preguntara la dirección a los relojes. Ellos conocen todos los rincones de la ciudad, porque están andando continuamente de un lado para otro, ya que, en cuanto se paran, los dejan olvidados en un cajón y nadie vuelve a hacerles caso.

—Pero, eso sí —advirtió el sabio Davironorio—. Cuando te cruces con algún reloj ten mucho cuidado de que no te adelante ni se quede detrás de ti, porque los relojes no deben adelantarse ni retrasarse.

—Sí señor —dijo Davi-davirón—. Así lo haré.

—Y si quieres saber la hora que es, la consultas en cualquier farola —concluyó el sabio—. Hay docenas de farolas plantadas en las calles.

Al pequeño davirón le quedaba una duda. Levantó la mirada hacia el sabio Davironorio y se puso levemente anaranjado.

—¿Las farolas no se comen?

—No —dictaminó el sabio—. Si así fuera, la gente no tendría modo de saber la hora.

Todo aclarado. Gracias a consejos tan prudentes, el pequeño davirón sabría perfectamente cómo comportarse en la ciudad, y podía marcharse tranquilo, sin temor a percances imprevistos. Con montarse en un paraguas, cuando tuviera que recorrer largas distancias, y taparse la cabeza con un autobús si se ponía a llover, asunto resuelto.

4

Y UN SETTER PELIRROJO TAMPOCO ES UN NIÑO

A LA mañana siguiente, tan pronto como se despertaron los pájaros, Davi-davirón emprendió el camino de la ciudad.

Era un día luminoso, casi cálido, y lo primero que hizo fue quitarse los dos jerseys que le había puesto su madre y dejárselos olvidados junto a un nogal. El frío no le preocupaba. Su único pensamiento era encontrar cuanto antes a un niño que estuviera sufriendo un ataque de risa, muriéndose de risa a ser posible. Y con esa idea atravesó como una centella el bosque de castaños, las interminables hileras de chopos y el inmenso pinar. Y a medida que avanzaba el mundo iba haciéndose más grande y las distancias más engañosas.

—La abuela davirona tenía razón. A este paso, nunca llegaré antes de la primavera.

Pero la primavera andaba muy atareada por los montes, abriendo con esmero una margarita aquí, una caléndula allá; haciendo brotar un capullo de amapola en el fondo mismo de un barranco; complaciéndose, incluso, en colorear de azul una ramita de romero, medio aplastada por una piedra, en la que nadie iba a fijarse. Y se veía claramente que no tenía ninguna prisa en llegar a la ciudad.

—Pues no hace falta correr mucho para sacarle ventaja —se dijo el davirón.

Sin entretenerse cruzó un campo de centeno ancho como un mar, salvó una colina pelada y divisó a lo lejos, uno tras otro, los siete puentes sobre las autopistas. Entonces se paró.

—Me parece que me están entrando ganas de desayunar otra vez —pensó.

Lo pensó porque estaba asustado y confundió con hambre el remusguillo del estómago. De todos modos, cuando alcanzó el primer puente ya se había comido la provisión de nueces, y el helado de pistacho se había derretido por completo. Eso hizo que corriera más ligero, y dejara atrás la fábrica de figuritas de azúcar antes de que la primavera se hubiera asomado sobre las autopistas.

Un ruido impresionante, como el fragor de una tormenta, lo puso del color del limón y lo paralizó de miedo al borde de un camino mil veces más temible que el más turbulento de los ríos.

—¡Ravidavicórcholis! —exclamó.

Los davirones, por lo general, no dicen palabras feas, pero en cuanto llegan a la ciudad se vuelven malhablados, no se sabe por qué. Centenares de semáforos

circulaban en ambas direcciones a la velocidad del relámpago. En el suelo, delante de él, Davi-davirón vio un trazado de rayas blancas que llegaban hasta la otra orilla. Los semáforos se detenían en ese punto, cediéndole el paso.

—Esto debe ser una papelera —supuso.

Y siguiendo las instrucciones del sabio Davironorio, cruzó la calle metido en la papelera. Todos los semáforos echaron a correr enloquecidos tan pronto como se encontró al otro lado.

—Si me descuido me pillan —pensó el davirón.

Y se prometió a sí mismo andar con mucha precaución en lo sucesivo, no fuera a caerse en un escaparate o a perderse, tontamente, en un buzón de correros.

Ésta es otra de las costumbres de los davirones. Se hacen promesas a sí mismos, y luego se ponen morados furiosos porque no las cumplen.

—Hay que ver —se quejan—. Ya no puede uno fiarse de nadie.

De pronto, a pocos pasos de él, entre los jardincillos que se extendían a la derecha y hacia el fondo, una alegre figura llamó su atención.

Era un tipo pelirrojo, de buena estatura, con unos ojos grandes y cordiales que inspiraban confianza. Llevaba puesto un jersey verde de punto inglés. Un tipo simpático de verdad. El pequeño davirón contuvo el aliento y su corazón se estremeció como la cáscara del huevo cuando va a nacer el polluelo. Hubiera apostado cualquier cosa a que se trataba de un niño.

—Pero no tiene ruedas —observó.

Aunque, pensándolo bien, era posible que ese detalle careciera de importancia. Los niños que la abuela davirona había visto metidos en una barca tampoco tenían ruedas.

—Y éste no es a rayas ni de cuadros.

Lo cierto era que nadie se había puesto de acuerdo sobre ese punto. Y nadie había señalado, que él recordara, si los niños tenían orejas o no tenían orejas. Se había mencionado una nariz. Sólo una. Y aquel hocico de color castaño, un poco húmedo, bien podía ser una nariz. De hecho, el niño está oliendo con ella. Olió un papel arrugado que había por allí. Olió unas matas de espliego a punto de florecer. Y, ya puesto, se acercó a olisquear al pequeño davirón que le dejó hacer sin ningún miedo.

—Hola —le dijo—. Soy Davi-davirón.

El niño le lamió la cara y empezó a menear la cola. La cola era espléndida, larga y dorada, reluciente; ni comparar con la de los davirones. Siguió meneándola con rapidez, de un lado para otro, sin contestar al saludo ni hacer ninguna pregunta.

—Pues, aquí —dijo el davirón, de todos modos— ...buscando a un niño.

Y esperó que el niño le respondiera:

—Estás de suerte, porque ya lo has encontrado.

Y que le dijera su nombre a continuación.

—Me llamo Pedro Pérez.

O Alberto. O Zacarías. Un nombre apropiado. Incluso, Nicéforo.

El niño, en efecto, abrió la boca como si fuera a presentarse y, en vez de eso, agarró al davirón entre sus dientes. Lo agarró por el cogote, sabiamente, como hacen las madres, y lo llevó hasta el seto de arizónica que crecía junto a la verja. Allí lo soltó.

Había atrapado a un davirón rojo y dejaba junto al seto un davirón amarillo. Eso le extrañó, y se quedó contemplándolo con aire perplejo. Davi-davirón no se atrevía a pestañear, y todas las mariposas estaban inmóviles, cada una sobre un capullo, esperando a la primavera.

Entonces se oyó una voz muy fuerte que decía:

—¡Ese perro! ¿Qué hace ese perro en mi jardín?

Fue cuando el niño, con un movimiento muy vivo, levantó la cabeza y salió corriendo hacia la verja. Dio un salto magnífico y desapareció al instante detrás del seto.

—Pues no era un niño —adivinó el pequeño davirón—, porque no desteñía ni daba calambre. Lo más seguro es que fuese un perro.

Y volvió la cabeza para ver quién había hablado con aquella voz bronca que espantaba a la gente y hacía tartamudear a las mariposas sobre los capullos de los nomeolvides.

5
EL SER DE LOS OJOS PORTÁTILES

POR un camino de piedras blancas, bordeado de varas de jacinto, avanzaba un extraño ser, alto como un manzano, de patas muy largas y pelaje oscuro; un bigote, como un ratón chiquito, sobre la boca. Davi-davirón, lleno de curiosidad, se dirigió a su encuentro, entre el verdor de las arizónicas.

—No se parece a ningún animal de los que yo conozco —se dijo.

Le faltaba la cola para ser un pavo real y cierto aire de inteligencia para ser un zorro. En cambio, Davi-davirón vio con asombro que tenía dos pares de ojos, unos delante y otros detrás. Los de delante eran portátiles. Se los ponía y se los quitaba, y se los volvía a poner, mientras observaba al davirón con expresión de cautela, casi de repugnancia.

Para entonces Davi-davirón era de un escandaloso color naranja, porque no había pasado tanta vergüenza en toda su vida. Pero no por eso se quedó callado. Los davirones, aunque les de vergüenza, siempre hacen lo que deben hacer.

—Buenos días —saludó valientemente—. ¿Podría decirme, por favor, si es usted un niño?

—¿Yo?

El extraño ser volvió a descolgarse los ojos portátiles. De un agujerito de su pellejo, sacó un puñado de nieve y comenzó a limpiárselos con ella. Era un

sistema muy práctico para quitarse las legañas de por las mañanas. Mucho mejor que tener que lavarse la cara entera sin necesidad.

—¿Yo? —repitió con gesto adusto—. ¿Tengo yo cara de niño?

Ésa era una pregunta sin respuesta, porque el pequeño davirón nunca había visto un niño; por lo tanto ignoraba cuál era su aspecto.

—Entonces no sabrá usted reírse —apuntó.

—¿Reírme?

El ser de los ojos portátiles se los ajustó meticulosamente. Volvió a guardarse el puñado de nieve debajo de la piel, y echó a andar con paso rápido hacia la verja.

—Se me ha olvidado —dijo.

—Le pasa lo que a mí —contestó el davirón con viveza—. Yo tampoco sé. Por eso estoy buscando a un niño. Para que me enseñe.

Como Davi-davirón era bajito y el ser de las patas largas caminaba sin mirarlo, a punto estuvo de aplastarlo bajo los pies al cruzar la verja del jardín.

—¿Sabe usted dónde puedo encontrar a un niño?

—En la casa de al lado creo que hay uno.

—Perdone —insistió el davirón—. ¿Dónde dice usted?

—Siguiendo por el camino, la primera casa a la derecha. La del jardín grande.

Levantó la pata delantera y señaló un edificio pintado de rosa que apenas se adivinaba entre la espesura de los árboles. El davirón se puso contento.

—¿Hay un niño allí?

—Eso tengo entendido.

El extraño ser se había parado junto a un enorme semáforo de carrocería reluciente. Antes de meterse dentro, miró desde arriba a su acompañante.

—¿Qué clase de bicho eres tú?

—Soy un davirón.

—Tonterías —dijo el otro—. Los davirones no existen.

Pero si estoy aquí, pensó el davirón. Cambió de color y se tiñó de un azul pálido precioso. Era que estaba reflexionando sobre aquella rara situación.

Que no existía, decía el tipo. ¡Y estaba hablando con él! ¿Cómo podía ocurrir una cosa así?

—Es que no me mira —se dijo—; por eso no se da cuenta de que existo.

Y le entró tanta pena que se volvió completamente transparente, como si, en cierto modo, estuviera dejando de existir. El otro ni siquiera lo advirtió. Hay tipos de piernas largas que nunca notan si los davirones se vuelven transparentes o no. Se sientan al volante de su semáforo y todo lo demás les tiene sin cuidado.

—Aparta, que voy a arrancar.

El ruido de su motor atronó el aire. Allá, muy lejos, atenta a la vorágine del tráfico, la primavera avanzaba cautelosamente sobre las autopistas.

Pero había otras cuestiones que preocupaban al pequeño davirón. De verdad que le tenían preocupado. Se acercó al conductor cuanto pudo y se puso de puntillas para hacerse oír.

—Oiga —le preguntó—. ¿Los niños dan miedo?

—¿Qué?

—Que si se comen a los davirones.

—No me extrañaría. Los niños son capaces de todo.

¿Y eso qué quería decir? ¿Que los niños no se ocupaban de bajar a los davirones a la calle para que hicieran pis? ¿Que no les daban de comer? ¿Los abandonaban al marcharse de vacaciones porque los davirones se marean viajando en los semáforos? ¿Quería decir eso?

Davi-davirón echó a andar por el sendero un poco inquieto.

—No le he preguntado qué clase de animal era él —iba pensando—. Podía ser un cangrejo ermitaño, porque ésos no sé cómo son. Nunca he visto ninguno. Un caballo, desde luego que no. Los caballos relinchan y son mucho más afectuosos, según tengo entendido.

A todo esto, estaba acercándose a la casa donde vivía el niño, y el corazón le rebullía como la tierra cuando va a nacer un árbol.

Al fondo, entre los abetos, se avistaba la fachada de color rosa con las contraventanas pintadas de azul.

En el jardín había césped y arbustos de celindas; un estanque, como un trozo de cielo, con cinco patos negros y una pata blanca. Más allá, sobre un banco de madera, dormitaba un gato.

El davirón sabía perfectamente que un gato no era un niño, porque, en una ocasión, cinco gatos hambrientos habían asaltado Davirondalia y habían terminado, en quince minutos, con toda la reserva de helados de vainilla.

Así que el gato no era, ni los patos; ni los gorriones, claro. Eso lo sabía el davirón perfectamente.

—Tendría que ser tonto para confundir un gato con un niño.

Dio la vuelta en redondo y avanzó unos pasos hacia las celindas. Entonces lo vio.

Estaba parado al otro lado del estanque, jugueteando sin ganas con una pelota de colorines. Y a pesar de la distancia, había un detalle que se apreciaba con toda claridad, sin lugar a dudas. ¡Tenía una nariz!

6
LA RISA DEL PEQUEÑO DAVIRÓN

LO que hizo el pequeño davirón, al descubrir al niño fue olvidarse de respirar, abrir mucho los ojos y parpadear, a continuación, varias veces seguidas. Todas las mariposas se echaron a volar al mismo tiempo, sin ton ni son, atropellándose en el aire.

Davi-davirón se dejó finalmente los ojos abiertos y empezó a respirar muy de prisa.

¡El niño era descomunal! El ser más grande que había visto en su vida. Alto y corpulento como una montaña; con unas enormes patazas de color gris, más gruesas que un árbol; unas orejas donde hubiera podido dormir la siesta cualquier davirón mucho más cómodo que en una hamaca.

Pero lo peor de todo era aquella nariz impresionante, venga a enroscarse como una boa, y a desenroscarse. Una nariz como aquella imponía mucho respeto.

El pequeño davirón se quedó sin habla. Intentó dar las buenas tardes y se atragantó con su propia voz. Las estaba pasando verdaderamente amarillas.

—También... podían haberme avisado —refunfuñó para sus adentros.

De repente, se acordó de que tenía un montón de cosas que hacer y era preciso que regresara cuanto antes a Davirondalia. Se había olvidado de cortarse las uñas y había dejado el cepillo de dientes en un nido de zarapitos. Tenía que estudiar la lección de plantas —esta hierba se come y ésta no. Con ésta otra se cura el dolor de barriga—, y ordenar urgentemente su colección de minerales.

—Ahora que me acuerdo. Ayer me pidió la abuela davirona que le subiera un vaso de agua. Seguro que lo está esperando.

Y, para decirlo de una vez, el niño no le había caído nada simpático.

Trató de escabullirse con sigilo entre los arbustos de las celindas, pero el niño lo descubrió antes de que llegara a moverse, y le dirigió un saludo, como un vendaval, en un idioma incomprensible. Con un trote pesado rodeó el estanque y se abalanzó cordialmente a su encuentro.

Davi-davirón estaba pegado al suelo; el flequillo de punta y las patas delanteras echadas hacia atrás. La mirada fija, como si fueran a hacerle una fotografía. Todas las mariposas se posaron sobre el césped en una nevada de pisapapeles.

—Yo ya me iba —quiso decir el davirón.

No tuvo tiempo. El niño alargó la nariz y lo apresó en ella con la firmeza de un puño. Davi-davirón alcanzó a ver el brillo escalofriante de los colmillos antes de salir volando por los aires.

—¿Y yo qué le he hecho?

Cayó entre los arbustos dando tumbos, como una pelota de colorines, y se quedó sentado entre dos grillos atónitos. Le dolía precisamente el sitio de sentarse. Le escocían mucho las rodillas y estaba empezando a ponerse morado furioso.

—No me gustan nada los niños —pensaba—. Hay que ver qué mal genio tienen.

El niño, entre tanto, lo observaba muy serio, bramando como un huracán; sin molestarse, siquiera, en dirigirle una sonrisa.

—¡Y no pienso aprender a reírme! —gritó el davirón—. Para que lo sepas.

Pidió disculpas a los dos grillos por haberse entrometido entre ellos de manera tan brusca, y se puso de pie, sacudiéndose las pajitas que se le habían pegado al pelo. Con gran dignidad echó a caminar hacia la salida del jardín.

—Mejor me voy a ver qué es eso del circo. O a comprarme un par de calcetines, que tampoco sé lo que es, y de paso me entero.

Entonces el niño hizo una cosa horrible. Metió la nariz en el estanque, se la llenó de agua y le lanzó traidoramente un chorro certero que lo puso como una sopa. ¡Aquello era un abuso!

—¡Ahora verás! —gritó el davirón.

Arremetió valientemente contra él y en menos de lo que se tarda en pillarse un dedo, se le colgó de la cola. Tenía la intención de arrastrarlo a tirones y arrojarlo al pilón sin misericordia. Por mucho que le suplicara, no pensaba, de ninguna manera, compadecerse de él.

En eso estaba, cuando en la casa de las ventanas azules se oyó una voz que decía:

—¡Ten cuidado con el elefante!

—¡Ay, Dios mío! —pensó el davirón aterrado—. ¿Qué será eso del elefante?

Porque ya tenía suficientes problemas con el niño.

El elefante salió de la casa con un

vestido de flores blancas y zapatillas deportivas, de lona azul.

Venía corriendo hacia las celindas.

Tenía una cara muy simpática, y un pelo largo y rubio como de seda. Y no abultaba ni la décima parte que el niño.

—Haz el favor de estarte quieto, Darío —dijo con seriedad.

El niño se llamaba Darío. Pero el pequeño davirón prefería mil veces a los elefantes rubios que llevan vestidos de flores blancas y zapatillas azules. Sólo con verlo, se había puesto rojo de contento.

El elefante, a su vez, estaba mirándolo, entusiasmado.

—¡Eres un davirón! —exclamó con alegría—. ¡Un davirón auténtico!

El pequeño davirón suspiró aliviado. Daba gusto que alguien lo reconociera por fin. Uno jamás se

vuelve transparente cuando alguien lo reconoce de verdad.

—¿Cómo lo sabes?

—No hay más que verte.

El elefante se puso en cuclillas para admirarlo mejor. Tendió una mano tímida, más tierna que las nueces recientes, y apenas se atrevía a acariciarlo.

—Eres precioso —dijo—. ¡Qué ojos tan inteligentes! No sabes las ganas que tenía de conocer a un davirón.

A esas alturas, el pequeño davirón estaba colorado hasta las orejas.

—Menos mal que los elefantes hablan —pensaba—, porque yo no sé bramar como los niños.

No sólo hablaban, sino que además eran amables, listísimos, y un tanto curiosos, con aquella forma vivaz de mirar alrededor, como buscando algo.

—¿Dónde se han metido los otros?

—¿Qué otros?

—Los que estaban contigo.

—He venido yo solo.

—No puede ser. He visto varios davirones desde la ventana. Uno amarillo, otro morado.

—Era yo —dijo el davirón—. Es que estaba morado furioso.

—¡Qué fantástico! —exclamó el elefante.

A todo esto, el niño Darío seguía observándolos a distancia. Y se notaba que quería meter baza en la conversación, pero el elefante rubio no le dejaba.

—No quiero que molestes al davirón. Mira lo que has hecho. Está tiritando de frío.

Se puso a secarlo cuidadosamente con su falda de flores. Al hablar enseñaba unos dientes chiquitos como granos de arroz.

—Ven aquí para que te dé el sol.

Davi-davirón miraba al niño de reojo, porque no las tenía todas consigo. El niño se había sentado en el césped. Alzaba la nariz, desafiante, mostrando unos colmillos blancos y duros como los cuernos de la luna.

—No te asustes. No va a hacerte nada.

Los elefantes tienen unas manos pequeñas y sonrosadas que acarician a los davirones, y una nariz diminuta como un capullo de amapola.

—Eres un elefante muy bueno —dijo el davirón.

Y de pronto sucedió una cosa

extraordinaria. El elefante empezó a vibrar como una mata de campanillas batida por el viento, enseñó todos los dientes que tenía escondidos y soltó un chorro de música que levantó un remolino de mariposas blancas.

—¡Soy una niña! —exclamó.

—Ah, menos mal —suspiró el pequeño davirón.

Volvió la cabeza y miró al niño grande de las enormes orejas que se había sentado, tranquilamente, sobre sus patas traseras.

—¿Sabes una cosa? —le confió a su amiga. Me gustan más las niñas que los niños.

Estaréis de acuerdo en que era una elección muy razonable. Los davirones son bastante listos y aprenden a distinguir, desde temprana edad, entre lo que es razonable y lo que no lo es. Cualquier otro, en su caso, hubiera sido de la misma opinión.

—Yo ya sabía que los niños y las niñas eran diferentes —añadió el davirón con mucho sentido común—. Pero no me imaginaba que fueran TAN diferentes.

Tampoco se había imaginado que las niñas tuvieran la propiedad de cambiar de color como los davirones. Sin embargo, la cara de su amiga estaba cada vez más roja, y el pelo, agitándose al sol, cada vez más rubio. Un sinfín de estrellas minúsculas se le escapaban a ráfagas de los ojos.

Y la música volvió a sonar alegremente, con tanta fuerza que la niña tuvo que sentarse en el suelo para no salir volando en el torbellino de las mariposas. Señalaba al niño Darío con el dedo anular y trataba de decir algo, pero no podía, porque la música le brotaba de la garganta como un surtidor y apenas le dejaba hablar.

—¡No es un niño! —balbuceó al fin—. ¡Es un elefante!

Y el pecho le resonaba con una algarabía de pájaros.

—¡El elefante es él!

El pequeño davirón abrió la boca de par en par. Esa sí que había sido la equivocación más grande de toda su vida.

—Seré tonto —se dijo.

Pero no pensó en morirse de vergüenza por eso; al contrario. Poco a poco, aquel sonido chispeante se le iba metiendo dentro, como el olor de la hierba recién cortada. Y todas las penas de la niñez y el escozor de las rodillas, y el miedo que le causaba el niño-elefante habían dejado de existir, porque la música lo llenaba todo y ocupaba el lugar de los pensamientos que le hacen a uno volverse transparente.

Sintió que el corazón se le deshilachaba como las nubes cuando va a salir el sol.

En ese momento, justo en ese momento, la primavera entraba apresuradamente por el paseo de las celindas. Pero no llegó a hacerlas florecer. Se quedó pasmada, el paso a medias y la boca abierta, al ver a un davirón que tenía en la piel todos los colores del arco iris.

Nunca se había visto nada igual.

Y había algo más; algo verdaderamente extraordinario que

ninguna primavera había tenido ocasión de contemplar hasta entonces.

¡El pequeño davirón estaba riéndose como un loco!

Se daba volteretas en la hierba y se sujetaba la tripa con las manos sin parar de reír. Y sus carcajadas revoloteaban por el aire en un torbellino de mariposas blancas.

MUY lejos de tu casa, mucho más alla de la estación del tren y de la fábrica de figuritas azucaradas; pasando los siete puentes sobre las autopistas y atravesando la inmensa mancha de los bosques de castaños, hay un lugar secreto donde no llegan los autobuses y nunca se ha difundido un solo anuncio de televisión.

A primera vista parece un lugar como otro cualquiera. Un prado extenso, a la orilla del río, con numerosos árboles de buen tamaño, y algunas cabras pastando entre la maleza. Se diría que el territorio no ofrece nada de particular. Sin embargo, los viajeros que se han acercado hasta allí aseguran que se oyen risas contagiosas a cualquier hora del día o de la noche, con sol o con lluvia, lo mismo en la primavera que en el rigor del invierno. Y que las más alegres proceden, sobre todo, de lo alto de los árboles.

Si alguna vez, por esas cosas de la vida, tienes la sensación de que estás volviéndote transparente y hubieras olvidado el sonido de tu propia risa, no lo dudes, corre a darte una vuelta por el territorio de los davirones. Lo que más felices les hace, desde que ellos aprendieron, es enseñar a reírse a los demás.

TÍTULOS PUBLICADOS

1. *A bordo de la Gaviota.* Fernando Alonso.
2. *El hijo del jardinero.* Juan Farias.
3. *Oposiciones a bruja y otros cuentos.* José Antonio del Cañizo.
4. *Montes, pájaros y amigos.* Montserrat del Amo.
5. *Cuatro o tres manzanas verdes.* Carmen Vázquez-Vigo.
6. *El largo verano de Eugenia Mestre.* Pilar Molina Llorente.
7. *El Mago de Esmirna.* Joan Manuel Gisbert.
8. *Mi tío Teo.* Pilar Mateos.
9. *El árbol de los pájaros sin vuelo.* Concha López Narváez.
10. *El soñador.* Joles Sennell.
11. *El faro del viento.* Fernando Alonso.
12. *La leyenda de Boni Martín.* José Luis Olaizola.
13. *Nadie habrá estado allí.* Ángela C. Ionescu.
14. *Unos zuecos para mí.* Carmen Pérez-Avello.
15. *Adiós, Josefina.* José María Sánchez-Silva.
16. *Operación Pata de Oso.* María Puncel.
17. *Historia de una receta.* Carles Cano
18. *¡¡¡Lambertooo!!!* Jordi Sierra i Fabra.
19. *Mi hermana Gabriela.* José Luis Olaizola.
20. *El secreto de Gabriela.* José Luis Olaizola.
21. *El tesoro de las mariposas.* Mª Antonia García Quesada.
22. *Romaníes.* Marta Osorio.
23. *Luna en la frente.* Joaquín Aguirre Bellver.
24. *La Cuesta de los galgos.* Juan Farias.

25. *En Viriviví.* Consuelo Armijo.
26. *Lope y su amigo indio.* Juan Ignacio Herrera.
27. *Alejandro no se ríe.* Alfredo Gómez Cerdá.
28. *El robo del caballo de madera.* Joaquín Aguirre Bellver.
29. *La nave fantástica.* Jordi Sierra i Fabra.
30. *Mi amigo Fernández.* Fernando Lalana/José Mª. Almárcegui.
31. *Don Inventos.* Mª Dolores Pérez-Lucas.
32. *Cuentos de cinco minutos.* Marta Osorio.
33. *La pareja indomable.* Jesús Ballaz.
34. *El último de los dragones.* Carles Cano.
35. *Memorias de una gallina.* Concha López Narváez.
36. *El inventor de mamás.* Braulio Llamero.
37. *El gigante que perdió una bota.* Carlos Murciano.
38. *Jim.* Manuel L. Alonso.
39. *El día que hizo mucho viento.* Jorge Bogaerts.
40. *El lago de plata.* Joaquín Aguirre Bellver.
41. *El Archipiélago de la Cabra.* Antonio Rubio.
42. *La ciudad que tenía de todo.* Alfredo Gómez Cerdá.
43. *El Gran Dragón.* Jordi Sierra i Fabra.
44. *Bilembambudín o el último mago.* Elsa Bornemann.
45. *Pan Gu.* Fernando Almena.
46. *Relatos galácticos.* Jordi Sierra i Fabra.
47. *La fortuna de Ulises.* Juan Farias.
48. *No somos irrompibles.* Elsa Bornemann.
49. *La llamada de las tres reinas.* Xoán Babarro, Ana Mª. Fernández.
50. *El pequeño davirón.* Pilar Mateos.

En la realización de esta obra han colaborado las siguientes personas: **coordinación editorial,** Georgina Villanueva; **colaboradora,** Charo Mascaraque; **equipo técnico,** Juan Carlos Quignon, Beatriz Nieto.

28027 Madrid - Depósito Legal: M. 27.216 - 1991 - ISBN: 84-207-4362-3
Printed in Spain - Imprime: Josmar, S. A. - Artesanía, 17 - Polígono Industrial de Coslada (Madrid).

Esta es la sorpresa que El duende verde te tenía reservada: un marcapáginas, que podrás utilizar en la lectura de este libro. Recórtalo, siguiendo la línea de puntos.

NOMBRE ....

....

APELLIDOS ....

....

ANAYA